Am Muttertag ist die Mutter das Wichtigste

von Laura Feuerland
illustriert von Anja Verbeek

Lesemaus-Geschichten
herausgegeben von Stefan Wilfert

Serie: Alles Gute!
Herzlichen Glückwunsch!
Frohes Fest!

Oldenbourg

1. Auflage 1997

Unveränderter Nachdruck 00 99 98 97
Die letzte Ziffer bezeichnet lediglich das Jahr des Drucks.

Die in diesem Buch verwendete Schreibung und Zeichensetzung entspricht der neuen Regelung nach der Rechtschreibreform.

Lektorat: Ute Busche und Ursula Händl-Sagawe
Herstellung: Christa Schauer
Satz: Horst Gerbert Layoutsatz-Repro, Haar b. München
Repro: Sycom Druckvorstufen GmbH, Haar b. München
Druck und Bindung: Schoder Druck, Gersthofen

ISBN 3-486-**04318**-8

Der Wecker klingelt. Rrrrr macht er laut: rrrrr.
Katrin schlüpft aus dem Bett und läuft zu ihrer Schwester hinüber.
„Aufstehen", flüstert sie und rüttelt Steffi an den Schultern. „Steffi, aufstehen! Es ist Muttertag."

Steffi zieht sich die Bettdecke über den Kopf und rührt sich nicht. Katrin fängt an zu zählen: „Eins, zwei …, drei …“, und bei zehn reißt sie der Schwester die Bettdecke mit einem Ruck weg. Steffi schreit empört auf.

„Schsch“, macht Katrin. „Du sollst leise sein. Sonst weckst du Mami auf. Es ist Muttertag und wir machen das Frühstück“.

Auf Zehenspitzen schleichen beide in die Küche.
„Ich mahle den Kaffee", verkündet Steffi sofort. Und sie holt die Kaffeetüte aus dem Schrank und schüttet die Bohnen in die elektrische Kaffeemühle. Katrin hat einen Topf mit Wasser auf den Herd gestellt und zwei Eier hineingelegt. Als sie sich umdreht, sieht sie Steffi an der Steckdose. „Halt!", sagt Katrin. „Mami hat gesagt, du bist für elektrische Sachen noch zu klein."

„Ich bin nicht zu klein", sagt Steffi beleidigt. „Du brauchst dich nicht aufzuspielen, nur weil du neun bist und ich erst acht."
„Sieben bist du", verbessert Katrin.
„Gib sofort die Mühle her! Ich werde den Kaffee machen."
„Nein, ich mache ihn", wehrt sich Steffi und sie drückt die Kaffeemühle fest an die Brust und schaltet sie ein.
„Du sollst sie mir geben!", befiehlt Katrin. Sie greift nach der Kaffeemühle.
Steffi zerrt. Katrin zerrt. Der Deckel löst sich von der Mühle und der Kaffee fliegt durch die Küche.

Als Katrin endlich das Gerät ausschaltet, ist die Küche voller Kaffee. „Du bist schuld“, mault Steffi, als sie mit einem kleinen Handbesen den Kaffee zusammenkehrt. „Warum hast du mir die Mühle nicht gelassen!“ „Du bist schuld!“, faucht Katrin und schaut böse auf das braune Tuch, mit dem sie den Tisch sauber macht.

„Und jetzt mach ich den Kaffee."
„Und ich", sagt Steffi entschieden, „ich koche inzwischen die Eier."
„Die Eier kochen doch von alleine", meint Katrin.
Eine Weile später stehen Teller, Tassen, Löffel, Milch, Zucker, Brot, Butter und Marmelade auf einem Tablett und der Kaffee steht auf der Wärmeplatte.

„Ich möchte wissen, warum die Eier nicht so sind wie bei Mami“, sagt Katrin unsicher.
„Wieso?“, fragt Steffi. „Was ist mit den Eiern?“
Sie kommt zu Katrin und schaut in den Topf: Im Wasser schwimmt eine weißgelbe Brühe.

„Die sind ja kaputt", stellt Steffi fest. „Das seh ich auch", meint Katrin gereizt. Und das Dumme ist, dass es keine Eier mehr gibt jetzt. Das hier waren die letzten. – Wo Mami doch so gern ein Ei zum Frühstück mag."
Steffi steckt den Zeigefinger in den Mund und denkt nach. „Ich glaube, ich weiß was", sagt sie schließlich und geht hinaus. Als sie zurückkommt, schwenkt sie etwas Rotes in der Hand. Es ist ein Ei, rot mit blauen Blümchen.

„Von Ostern noch“, sagt Steffi. Das legen wir ins Wasser und machen es warm. Dann hat Mami ein richtiges Ei.“ „Und Papa?“, fällt es Katrin ein. „Der kriegt ja dann kein Ei.“ Steffi zuckt mit den Schultern. „Es ist ja Muttertag“, meint sie. „Und am Muttertag ist die Mutter das Wichtigste. Papa kriegt eben am Vatertag ein Ei – oder zwei sogar“, beschließt sie großzügig. Endlich ist das Frühstückstablett fertig. Leise schleichen Katrin und Steffi auf den Gang. Katrin trägt das Tablett.

Steffi, die die Kaffeekanne trägt, öffnet die Zimmertür und Katrin stellt das Tablett neben dem Bett der Mutter ab. Die Eltern schlafen beide tief und fest. „Papa schnarcht", kichert Steffi und stellt die Kaffeekanne neben das Tablett.

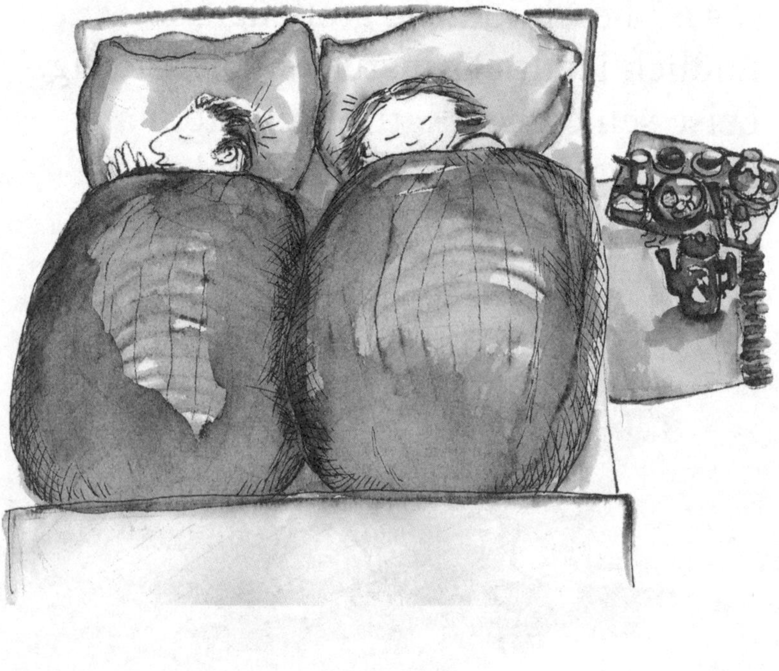

Beide stehen am Bett der Mutter und machen ein feierliches Gesicht. „Los", nickt Katrin Steffi zu, „jetzt!"
Und dann ertönt es zweistimmig durch das Schlafzimmer: „Zum Muttertag, ihr lieben Leute, da kommen wir und grüßen heute. Lieb Mütterlein, wir ..."

„Huch", fährt die Mutter mit einem entsetzten Schrei im Bett empor, „Steffi, Katrin … was ist passiert!!?"
„Nichts … äh", bricht Katrin verwirrt ab, während Steffis Stimme weiterschallt, „… wünschen dir viel Freude und wir danken dir für alles, was du uns gegeben hast. – Amen", setzt sie schließlich noch hinzu.
„Doch nicht Amen", zischt Katrin.

Die Mutter sinkt erleichtert in die Kissen zurück. „Meine Güte, habt ihr mich erschreckt. – Ist denn auch wirklich alles in Ordnung mit euch?“ Aus dem Nebenbett schaut der Vater verständnislos herüber. „Was ist denn das für ein Krach?“, brummt er verschlafen. „Warum liegt ihr nicht in euren Betten? Es ist doch Sonntag.“

„Es ist Muttertag“, stellt Steffi fest. „Und wir haben uns eine Überraschung ausgedacht“, fügt Katrin hinzu.

„Überraschung, ja", murmelt der Vater. „Ein solcher Lärm am Sonntagmorgen ist wirklich eine Überraschung."
„Das war doch ein Gedicht", sagt Katrin gekränkt. „Wir wollten Mami mit einem Gedicht wecken."
„Es hat mir auch gefallen. Das habt ihr schön gemacht", meint da Katrins Mutter tröstend.
„Und jetzt müsst ihr frühstücken!", ruft Steffi. „Wir haben alles hier." Und Steffi packt das Tablett und setzt es auf der Bettdecke der Mutter ab, bevor die noch recht begreift, was geschieht.

„Vorsicht!", ruft sie. „Meint ihr, ihr könnt das auch?"
Ängstlich starrt sie auf das beladene Tablett, das Steffi ihr auf den Bauch gestellt hat.
„Jetzt den Kaffee", sagt Steffi und nimmt die Kanne vom Tisch.
„Den Kaffee gieße ich ein!", meldet sich Katrin.
Sie reißt Steffi die Kanne aus der Hand.

Steffi verliert das Gleichgewicht, gibt aber die Kanne nicht her und fällt damit auf das Bett der Mutter. Dort purzelt alles durcheinander.

Es ist ganz still im Schlafzimmer. Der Vater schaut wie die Mutter wortlos auf die Bescherung.

„Jetzt hat Steffi alles verdorben", schnieft Katrin.
„Ich?", ruft Steffi empört. „Ich? Wenn du mir die Kanne gelassen hättest ..."
„Ruhe!", tönt es da auf einmal vom Vater her. „Das fehlt jetzt wirklich noch, dass ihr streitet."
„Wir wollten Mami doch verwöhnen", sagt Katrin kleinlaut. „Wir wollten, dass sie gemütlich im Bett frühstücken kann. Es ist doch Muttertag."

„Jetzt stehen wir alle auf und frühstücken drüben, so wie immer", lenkt der Vater ein. „Mami bleibt noch liegen und ich helfe euch."
„Au fein", sagt Steffi und ist schon wieder obenauf und guter Laune. „Also, das Frühstück ist eben schief gegangen. Aber dafür klappt dann das Mittagessen eben umso besser."
„Das Mittagessen?", fragt die Mutter lachend.

„Wir kochen!“, kündigt Steffi stolz an. „Es wird eine Überraschung.“
„Ja“, stimmt Katrin zu. „Und beim Mittagessen geht sicher nichts schief.“
Der Vater und die Mutter sehen sich an.
„So ein Muttertag dauert schließlich auch nur einen Tag lang“, tröstet der Vater die Mutter.

Laura Feuerland

Lebt und arbeitet als Autorin in München, spielt gern Billard und Scrabble und reist, sooft es möglich ist. Am liebsten nach Südamerika. Dort gibt es sehr alte Eisenbahnen und manchmal geht die Lok kaputt. Dann muss man zu Fuß auf den Zuggleisen weitergehen. Zu Fuß gehen ist zwar umständlich und dauert länger, aber es ist viel spannender. Man erlebt dabei nämlich oft Dinge, die man im Zugabteil wahrscheinlich nicht erlebt hätte.
Zum Beispiel können einem sehr sonderbare Gestalten begegnen: Schatzsucher und Glückshändler etwa oder Hexenmädchen und Schattenmenschen; und einmal kam einer des Wegs, der hielt einen Kelch in der

Hand und sagte, dass er früher einmal ein König gewesen sei. Manchmal huscht auch ein unglaublich fabelhaftes Tier vorbei.
Zu solch aufregenden Ereignissen gehen einem natürlich allerlei Gedanken durch den Kopf. Und Laura Feuerland macht aus ihren Gedanken Geschichten und Hörspiele für Kinder.